이성태 제2시집

마흔 일곱의 콘서트

이성태 제2시집

마흔 일곱의 콘서트

머리말

인생살이에서 47년이라는 짧고도 긴 여정을 지나치며 기쁨과 슬픔, 또 위기의 순간들이 교차되는 것을 느끼며 살아왔습니다.

반복되는 일상 속에서도 천길 낭떠러지 벼랑 끝에 몰려 있을 때 비로소 한 인간의 나약함과 어리석음이 마지막 구원을 기다리듯 주위의 환경이 어려울수록 그 무엇에 집착하며 용기와 사랑을 주는 사람에게서 삶의 애정과 고마움을 갖게 된다는 것을 알았습니다.

지난 해 졸작이지만 첫시집《아픔보다 더 쓰라린 사랑》을 내고 많은 분들의 격려에 힘입어 한 편 두 편 창작을 하면서 나름대로 인생의 깊이를 되새겨 볼 기회를 갖게 되었습니다.

또한 선배 시인 최중기 선생님의 권유로 계간『地球文學』에 응모하여 신인상을 수상하고 명실공히 문단에 등단케 되어 매우 기쁘게 생각합니다.

아직 시인이라는 말이 어울리지는 않지만 용기를 갖고 그간의 작품을 모아 제2시집《마흔 일곱의 콘서트》를 상재합니다.

그동안 저를 도와주신 주위의 모든 분들과 특히 한누리미디어 김재엽 사장님께 감사드리며 앞으로도 부끄럽지 않을 시작(詩作)에 최선을 다하도록 노력하겠습니다. 감사합니다.

2002년 5월

지은이 이 성 태

차례

 **마흔 일곱의 콘서트**

차례

소요산 2부

차례

3부 그리움

차례

태양 같은 사랑 하나

차례

5부 소리쳐 다짐합니다

마흔 일곱의 콘서트

마흔 일곱의 콘서트·1

귀밑머리 서럽게 내린
물안개마냥
무엇도 못 이루고
마흔 일곱 개나 먹어 버렸다

석자라도 남기려
긁적이는 안간힘

무대 위의 어릿광대
고장난 시계라도
손에 넣고 싶다.

마흔 일곱의 콘서트·2

밤이 짙어질수록
거리의 네온싸인은 현란해지고

젊음의 객기와 얼룩진 취기로
밤은 더욱 깊어만 가고

지난 시절 가슴앓듯
옛 모습 떠올리면

더욱 초라해지는
서럽도록 서글픈
내 모습.

마흔 일곱의 콘서트·3

얼큰하게 취기가 돌면
지울 수 없었던 작은 일들도
누구에게 말 못했던 나만의 비밀도
이젠 추억으로 남는다

지난 시간은
어찌 그리 빨리도 왔는지
앞으로의 시간들도 말없이
그리 오겠지.

마흔 일곱의 콘서트·4

끝없이 추락하여
상처 투성이뿐인 작은 몸뚱이는
추락한 비행기 잔해와 파편같이
갈갈이 찢겨져 더 이상
내려갈 곳도
찢겨질 것도 없네

다시금 비행하려는 난
평지에 선 마음으로
가슴 열어
한 모금 공기를 크게 들이킨다

다시 날 수 있을까?

마흔 일곱의 콘서트 · 5

엄마 가슴에 얼굴 묻고 다섯 개
아버지 손 붙들고 또 다섯 개
형, 누나 아옹다옹 다섯 개
친구들과 이리저리 또 다섯 개
국방의무 한답시고 한 세 개
직장잡고 사회생활 한 열 개
장가가고 아이 낳고 또 열 개
사업한다 까부느라 두 개
부도나고 숨 못 쉬느라 한 두 개
합해 보니 마흔 일곱
많기도 하네.

봄 되면 다시

가을인 듯
겨울의 문턱을 넘어선다

작은 터에 뿌리 내린 고목처럼
꽃샘바람 태풍에도
잠시 흔들릴 뿐

무서리와 혹한에도
잠시 망설일 뿐

봄 되면
다시 움트는 새싹마냥
다시 시작하리.

어릿광대

광대들은 눈을 들어
헛놀음에 둘러 보는
어릿광대를 본다

어릿광대 눈에 광대는
치켜다 보는 광대들인데
어릿광대를 보는 광대들은
제 자신을 모르는 채 가여운 양
씁쓸한 미소로
어릿광대를 바라다본다

슬픈 광대들은
그 무엇도 모르는 채…….

12월 31일

버거웠던 한 해
뻘밭 갯물 비우듯
저물어

辛巳는
아쉬움으로
태워 버리고

태양 가슴으로
壬午를
맞아보련다.

당선무효

당선무효형에
의원직 상실위기
1심 형량 가혹하다

의원직 유지
정말들 웃기고 있네

모두 다
당선무효야.

김장

쩍 갈라지게 추운 날
배추 씻느라
손은 얼어 터져

무채 썰어 새우젓에
고춧가루 버무리면

하얀 쌀밥에
쭉쭉 찢어 올려 먹는
겉절이 생각뿐.

쌀밥

윤기 자르르한 쌀밥 한 공기
반찬 하나 없어도
진수성찬이 되고

허기진 뱃속은
이내 아우성을 친다

김장김치 한 소배기 얹으면
입안에는 벌써 침이 고이고

하얀 쌀밥은
먹어도 먹어도 물리지 않는
고마운 농부들의 땀의 결실.

봄 오기만을

오늘은 네가 더욱 그리워진다
세파에 꽁꽁 언 가슴인 듯
슬픔으로 가득 찬 가슴인 듯
붉은 꽃잎을
슬며시 열어 놓는 동백꽃마냥
봄 오기만을 기다리며
그리움을 지우고
또 지워본다.

겨울 낙수

여름이 덥듯이
겨울은 추워야 할 텐데
떨어지는 낙수 소리는
계절을 잊은 듯하다

나약한 인총들은
가진 자 앞에서
비굴함을 쏟아낸다

자신 속의 비굴함을
정당화하면서
이럴 땐 혼자만의 외로움이
낙수에 젖어
나약한 인총들에게
경의를 표해야겠다.

삶의 여정

삶의 여정이 복잡하고
미래에 대한 확신이 없어
조급함과 불안함이
작은 가슴을 옥죄인다

마음의 바다 속에
깜박이는 등대라도 있었으면
차가운 미움이나 화려한 욕심이
지워질 텐데

따스함과 부드러움으로
작은 삶의 여정을 수놓을 텐데.

오늘 같은 날

아무도 부르지 않고
나 혼자만의 시간 여행을
떠나 보련다

지쳤던 일상들 뒤로 하고
꿈이 묻어나는
나만의 세계로

오늘 같은 날
아무도 보이지 않는 추억 속으로
떠나 보련다

허리 휘어질 만큼 아픈
세상사 묻어 버리고

기쁨과 행복이 넘쳐나는
사랑의 세계로
나 혼자만이 떠나 보련다.

얄미스럽다

정해진 시간만의 만남이
얄미스럽다

혼자만이 가두어진
좁은 방의 외로움이
얄미스럽다

문풍지 사이로 스며드는
찬 바람은 더더욱
얄미스럽다.

세모

시린 가슴을 안고
또 한 해를 접는다

지친 일상 뒤로 하고
바쁜 걸음 재촉하며
토해내는 하얀 입김들

어깨를 짓누르는 삶의 무게
소주잔에 부어버리면
또 한 해는 그렇게
떠밀려 간다.

2부
소요산

소요산·1

곱디 고운 소요 단풍
눈 앞에 오면 나도 몰래
당신이 그립습니다

애절함에 붉어지는
소요 단풍은
내 가슴 타는 듯한
선홍색 핏빛.

소요산 · 2

공주봉 아래 구름 바다는
수면 위에 떠 있는
작은 섬처럼
산허리를 지워 버린다

고고한 산 정상은
바다 위의 작은 섬마냥
고운 자태 뽐내고선
물끄러미 운해를 바라다본다.

소요산·3

눈꽃은 작은 나무에 붙어
솜털같이 하얗게 피어난다

서리꽃은 눈꽃
낮 되면 슬그머니 자취 감추고

밤 되면 다시 피어나는
소요산의 얼음꽃.

소요산 · 4

서설 머리에 지고
옷 벗은 나무들은
시린 북풍에 눈옷마저 벗겨져
빨갛게 드러나는 알몸뚱이

푸른 봄 옷
진록색 여름 옷
색동 가을단풍 옷
하얀 눈 옷 입은 겨울에도
모두 잘 어울리는

소요산은
정말 미인중의 미인.

소요산 · 5

불꽃같이 타오르는 소요 단풍
내 마음 아는 듯이 뜨겁습니다

혹여 올 겨울 추우시걸랑
단풍 옷에 단풍 이불 덮으시구려.

소요사계

비룡폭포 봄 철쭉에
아지랑이 기지개켜면
짙은 녹음 옥로봉엔
원효 독경 들리는 듯

상백운대 단풍으론
요석 사랑 그려놓고
자재암의 설경으로
소요사계 불러본다.

산

산은 언제나
자리를 지키고 있습니다

산을 향한 내 마음은
아쉬움으로 다가갑니다

산은 언제나
태연하게 나를 맞이합니다

산을 향한 내 육신은
처절한 몸부림으로 다가갑니다.

촛불 · 1

조그마한 촛불이 생각납니다
어둠을 밝히려는 것이 아닙니다
그냥 촛불이 하나
같이 있었으면 합니다.

촛불 · 2

지금 작은 촛불이
하나 있었으면 합니다
까만 어둠을 밝히려는
환한 불빛은 아니라도
어두운 공간을 희미하게나마 비추며
묵묵히 자신을 태우는
그런 작은 촛불이면 될 것입니다.

잣나무 청설모

그대 얼굴 잡을 듯이
잔디밭을 뒹굴었네

파란 물결 하얀 구름
잣내음 속에
취기 어린 눈 앞에선
부족함이 없어라

잣나무 청설모는
내 마음 아는지
모르는지…….

하늘 아래 쉼터

회색 건물 높은 곳
하늘의 쉼터

따뜻한 차 한 잔과
그대 있으매

이 곳이 하늘이며
당신이 바로 천사인 것을…….

애당초

한 몸이던 사랑하는 사람이
그 반쪽을 잃어버렸습니다

그 반쪽은 다시 찾기가
무척이나 힘이 들지요

혹여 찾아 애닮다 해도
서로가 사랑이라는
이름으로 남을 뿐입니다.

세느강

당신과 함께 하는 뚝방 길은
언제라도 세느강변이다

세느강의 새벽
찬 공기를 마시며
노래 부르면

따뜻한 차 한 잔이
당신과 나를 부른다.

작은 공간

난 크지 않은
조그마한 공간을 좋아한다

공간 속에 당신이 있고
생각할 수도
그려볼 수도
노래할 수도 있는
아주 작은 공간

그리움도
외로움도 묻어 버리고
더 넓은 크기만큼의
사랑을 확인하고 싶음에.

겨울밤

사랑이 없는 겨울밤은
무척이나 길고도 춥다

밤이 지나면 오려나
겨울밤은 소리없이 부서지건만

여전히 사랑은 없고
또 내일을 기대하면
눈가 이슬이 나를 적시네.

수평선

하늘과 바다가 맞닿은 곳
하늘 저편 흰 구름 사이로
당신의 환한 미소 떠오르면

바다 끝 하늘 맞닿은 곳에선
내 사랑 태양처럼 타오르네.

건드려봐요

날 건드려봐요
난 항상 당신 곁에 있으니까요
당신의 마음과 사랑의 눈에
초점을 맞추시고
건드려봐요.

짓밟힌 채로

초겨울 대합실
헌 신문지 마구 찢겨진 채로
짓밟힌 채로 내팽개쳐진
난 그저 멍하니
세우지도 막지도 못하는
예정된 시간 속으로
떠나는 널 바라만 볼 뿐.

3부
그리움

그리움

내 마음 속엔
사랑이 남아있질 않아요

혹시 조금
아주 조금이라도 남아있다면
그냥 가슴 속에 묻어두는
사랑으로 간직할래요

당신이 가져간
내 사랑 모두를 가져간
내 마음 속엔
사랑이 남아있질 않아요

영원히 영원히
불씨로만 남아있는
가슴앓이 사랑으로 간직할래요.

비겁함 · 1

두려움인지
사랑함인지
내 생각인지
그네 생각인지
잡히질 않는다

이건 분명히
비겁함이 사랑보다
크기 때문인 거야.

비겁함 · 2

내가 내 자신을 속이는
비겁함에 젖어 있다

나와 그 속의 나
정녕 어떤 내가 진정한 나일까?

현실과 이상의 갈등 아니면
사랑이라는 이름으로 포장된
빨간 소유욕 속에
물들어 버렸으면서도

무척이나 아끼는 것마냥
스스로의 가증스러움에
깜짝 놀라면서

그 속의 난 비겁함으로
나와 현실을 꼭꼭 묶어
정정당당한 것마냥
비켜 가려 하고 있다.

비겁함 · 3

마음 속 하고픈 행동을
이율배반적으로 해석하는 난
정말로 그네를 사랑하고 있는 것일까?

집착하고 소유하고 싶음에도
겉으론 한 번도 그렇지 않은 듯
괜시리 무덤덤한 듯이
내 자신을 속이고
돌아서선 눈물지으며 후회하는 난
사랑이라며
그네를 속이고 있는 것인지도 모른다

왜 진실된 말을 하지 못하는 비겁함이
마음 속엔 그렇게도 많을까?

돌이켜 보면 그네와 가졌던 많은 시간들이
나를 속이고 또 그네를 속였던 시간인 것을
수많은 비겁함의 시간인 것을.

미완이라는 이유로

내 마음 한구석
말 못할 열정과 비애가 담겨져 있고
미완이라는 이유로
사라지지 않는 당신이
당신이 너무도 그립습니다.

나만의 사랑

사랑인가 하면
사랑이 아니고
사랑이 아닌가 해서
다시 보면 사랑이 있는
그네는 정녕
나만의 사랑.

그대 굳이

그대 굳이
사랑을 보이려 하지 마세요
나 굳이 그대 사랑
보려치 않아
그대의 음성만으로
그대의 생각만으로
당신의 가슴 속
모든 사랑 알 수 있으니.

안타까움

내게 준 안타까움은
당신의 거짓된 웃음으로
날 편안케 함일 게요

당신은 허한 웃음 지어 보이지만
그 웃음을 바라보는 난
더욱 안타까움으로
그만 울음을 터뜨리곤 말았죠.

아픈 기억

더 이상 상처받지 않으려
너의 기억
저 멀리 남기려고 해

아픈 기억
지워지지 않는 의미는
아파할 수 없다면
사랑할 수 없다는

지극히 쉬운 답을
알았기 때문이야.

아시나요

당신을 같이 하지 못하는 시간이
더 많다는 것을

난 그 시간 모두를
사랑한다는 것을

못 만나는 순간의 아픔과 고통이
더 많은 그리움과
사랑으로 남는다는 것을.

그대 내 곁에서 멀어지려면

처음 밝혔던
사랑의 촛불부터
꺼 주세요

차곡히 쌓아놓은
사랑의 밀어를
허물어 주세요

내 머리 속
모든 기억을
지워 주세요

차라리 심장 속
뜨거운 피를
시리도록 차갑게 해주세요.

선물을 드릴게요

님에게 드릴 소중한 선물이 있습니다
웅장한 저택도
금은보화도 아니랍니다
세상에 이보다 더 귀하고 값진 것은
없을 겁니다
이 세상 다하는 그 날까지
백년이 지난 뒤에도
아니 천년이 흐른 뒤에도
영원히 남을
진솔한 사랑이라는 선물을
님이여 꼭 받아주소서.

아픈 사랑으로

당신과 함께 한 시간은
너무도 빨리 가 야속합니다

헤어질 시간
나 혼자만의 쓸쓸함에
금방 눈이 먹먹해집니다

다시 또 만남은 있겠지만
혼자인 것에
그대 향한 그리움에

난 견디기 힘든
아픈 사랑으로 남습니다.

사랑이라는 것은

사랑이라는 것은
눈물로써 말을 합니다

사랑은 그리움이고
이별과 눈물을 함께 줍니다

사랑이라는 것은
그리움과 이별을 함께 하여
나에겐 몹시도 힘이 듭니다.

사랑인 듯

눈인 듯 비인 듯
사랑인 듯 아닌 듯
도무지 알 수가 없네.

사랑은 마음 속에 있고
가슴 속에 있는데
잡을 수 없는 당신

마음은 사랑인 듯 아닌 듯
도무지 알 수가 없네.

당신을 향해서

나도 모르게
당신에게로 갑니다
날마다 가고 또 갑니다

다시는
오지 못할 길이라 해도
당신을 향해서
가고 또 갑니다.

그녀

사전 속 아무런 단어로도
표현할 수 없어요

지구 속 어느 나라
말로도 표현할 수 없어요

그냥 사랑이라면
조금은 어울릴 것 같아요

어떤 사전과
어느 나라 말에도
사랑은 있을 테니까요.

당신

어둠 속에서
더 많은 생각을 하게 됩니다

눈을 감지 않아도
모든 것은 어둡기만 합니다

고뇌의 시간 속에
그리움은
더욱 가슴을 파고 듭니다

당신을 지우려 할수록
당신은
내 가슴을 더욱 파고 듭니다.

태양 같은 사랑 하나

태양 같은 사랑 하나

나에게는
무지개 같은 사랑은
필요치 않아요
태양과 같은 사랑이
구름에 가리어도
까만 밤이 되어도
언제 어디서나 찬란히 빛나는
그런 사랑이 필요해요.

난 그런 사람입니다

당신이 날 사랑한다는 것을
잘 알면서도
난 당신 사랑 확인하고 욕심내는
난 그런 사람입니다

온종일 같이 있다 헤어져도
곧바로 당신이 보고파지는
난 그런 사람입니다

전화를 끊기가 무섭게
바로 당신의 목소리가 듣고 싶은
난 그런 사람입니다

어제도 사랑했었고
오늘도 사랑하고
내일도 사랑할
난 그런 사람입니다

그래도 내 사랑이 부족한 것 같아
다시 당신 사랑 확인하는

난 그런 사람입니다

나에게 어떤 것을 주어도
바꿀 수 없는
당신은 나만의 사랑입니다

누구에게도 빼앗길 수 없는 당신을
언제나 함께 하고
같이 있고픈
난 그런 사람입니다.

당신을 처음 본 순간

당신을 처음 본 순간
난 그저 멍 하니
하늘을 바라보았죠

그리곤 바로 신이 내린
선물이라 생각했어요

어둡고 차가운 내 텅빈 가슴을
환하게 따뜻하게 밝혀 주셨죠

이 기쁨 세상이 끝날 때까지
영원할 것이겠죠

난 내 가슴에 새겨
영원히 간직하렵니다.

사랑이라

때로는 기쁨이고
슬픔이기도 한 것이
사랑이라

웃기도 하고
울기도 함께 하는
사랑이라

만남을 기대하고
헤어짐을 안타까워 하는
사랑이라

지친 마음은 사랑 속에 있고
행복도 사랑 속에 있네

만나면 기쁘고
헤어질 땐 슬픈 것

그래도 사랑하지 않고는 못 배기는
그리움은 외로움은
사랑 때문인 것을…….

내 마음 속엔·1

내 마음 속엔
사랑이 남아있질 않아요

혹시 조금 남아 있다고 해도
그냥 가슴 속에 묻어 두는
사랑으로 남길 거예요

이 모든 것
당신이 내 사랑 전부를
빼앗아간 때문이니까.

내 마음 속엔·2

가도가도 잡을 수 없는 당신께
내 마음과 생각을 드리겠어요
붙잡을 순 없어도
내 마음 속에
당신이 자리하듯
나 항상 당신곁에 있게만 해주세요.

행복합니다

그대가 내 마음 속에 있다는 사실만으로
난 행복합니다
같이 하지 못하는 시간이 많아도
상관없어요
같은 생각과 마음을 갖고 있다고
믿고 있기 때문이죠
그래서 전 무척이나 행복하답니다.

아픈 사랑 뒤에

잊은 줄 알았던
그녀가 그리워집니다
내 마음 속에 떠날 줄을 몰라요

아픈 사랑 뒤에 남은
쓰라린 고통만을 남기고
떠난 줄로만 알았습니다

다시금 뒤돌아보면
안 된다는 것을 알면서도
또 뒤돌아보게 됩니다

차갑게 돌아서면
어느새 그녀는 내 곁입니다.

사랑할 수밖에 없는 이유

누군가를 사랑할 수 있다면
세상에서 가장 행복한 사람이라 생각했다

그러나 행복한 사람도
마음으로부터 흐르는 눈물은 마르지 않는다

사랑할수록 그리움은 크고
외로움은 무게를 더해
눈물이 마를 새 없어도

결코 사랑할 수밖에 없는
네가 있기 때문이니까.

다행입니다

사랑이 날 아프게 합니다
고통이 없는
따뜻한 사랑이었으면 해요
그래도 아파할 수 있어
큰 다행입니다

아파할 수 없으면
사랑할 수 없고
사랑할 수 없으면
아파할 이유가 없기 때문이죠
그래서 다행입니다.

그대 향한 그리움

하얗게 쏟아지는 눈송이 속에
옷깃을 파고드는 찬 바람 속에
그대 향한 그리움에 울먹입니다

외로움에 지친 시린 가슴도
그리움에 찢겨진 나의 마음도
그대와 함께라면 따스하고
감미로운 행복으로 스며들 테니.

당신과 함께

길을 걸으라 하면
당신과 함께 걷고 싶습니다

말을 하라고 하면
당신을 사랑한다고 하겠습니다

하루만 살다 죽으라 하면
당신과 같이 살고 싶습니다

한 가지 소원만 들어준다면
당신을 영원히 갖고 싶음입니다.

사랑한다면

사랑한다면
기다릴 수 있어야 한다

기다리지 않으면
사랑을 갖기가 무척 힘이 들다

멀찍이 있는 사랑이
가까이 올 때까지

기다리고 또 기다릴 수 있어야
사랑을 얻을 수 있다.

내 사랑 불꽃

내 사랑 불꽃은
언제나 당신을 향해 타오릅니다

당신을 모르고 지나온 순간들이
그냥 버려진 시간이기에
숙명처럼 다가온 끝 없는 사랑 앞에
거대한 화산처럼
솟구치는 용암마냥 활활 타오릅니다

늦어진 시간만큼
나의 사랑
늘리고 또 늘려서
당신 가슴에
내 뜨거운 불꽃을
담아 드리겠습니다

그리곤 억만 겁이 흐른 뒤에도
꺼지지 않고 타오르는
영원한 불꽃으로 남겠습니다.

우리의 사랑이 이루어지는 날

기다림에 지쳐
안타까움으로 가득찬 내 가슴은
온통 핏빛으로
퍼렇게 멍이 들었습니다

그대 눈물을 거둬요
우리의 사랑이 이루어지는 날
기쁨의 눈물을
감사의 눈물을 흘릴 수 있도록
모두 모아 두세요

가슴이 아프면 아픈 대로
슬픔이 넘치면 넘치는 대로
서로의 마음에 담아두어요

우리의 사랑이 이루어지는 날
행복의 눈물을 흘릴 수 있도록.

당신은

당신은 언제나
그 자리라고 말하십니다

당신은 언제나
제 옆에 있겠노라 하십니다

당신은 언제나
변치 않을 사랑이라 말하십니다

그러나
당신을 향한 내 마음은
그저 부족할 뿐입니다

당신을 향한 그리움에
언제나 눈물짓습니다

당신을 향한 내 육신은
어리석은 사랑뿐입니다.

사랑의 깃발

난 오래 전부터 알고 있었습니다
당신 가슴 속에 드리워진
검은 그림자를

아무리 밝고 화려한 불빛도
당신 가슴 속 어둠을
지울 수 없다는 것을

내 사랑이
당신을 얼마나 불행하게 할 것인지를

그럴수록 당신께 더욱 다가갑니다
사랑이라는 깃발을
높이 세우고…….

소리쳐 다짐합니다

소리쳐 다짐합니다

그대 아픈
사랑한다는 이유만으로
아름다운 추억과
기쁨의 순간들을
가슴에 묻어 살아야 하나요

억울해 눈물이 나네요
그대 역시 시린 가슴으로
후회하지 않을 사랑이라
날 달래려 하겠지만
더 큰 상처로 남는 것이 두려워
난 소리쳐 다짐합니다

영원히 아니
네 영혼까지 사랑하리라고.

당신 가슴 속에

당신을 생각만 하여도
보고 싶다는 그리움에
난 행복했습니다.

그런데도
사랑한다 말하려며는
왜 가슴이 아픈 건가요

아픈 가슴 접으려면
보고픈 마음 지우려면
더욱 간절한 당신 생각에
그저 당신 가슴 속에
당신 생각 속에
오래 오래
머물 수만 있으면 합니다.

우리의 사랑이

우리의 사랑이
혼자인 것이 싫어서
한 순간 눈이 멀어서 시작한
철부지 사랑이었으면 합니다

우리의 사랑이
깊어 갈수록
애절함은 더해 가고
아름다운 추억은
그리움으로만 남아요

우리의 사랑이
더 커져
가슴 저미도록 슬픈 사랑으로
기억되기 전에
우리 이제…….

님을 잊으려

님을 잊으려
술을 마십니다
술이 나를 마시고
나는 그리움을 마십니다

님을 잊으려
술을 마시면
잊기는커녕 더욱
그리워지는 것은
우리의 가슴 아픈
사랑 때문일 겁니다.

방황

그대를 향한 방황을
이제 접으려 합니다

혼자인 외로움에
그리움을 달래려 하면
상처로만 남는 사랑을

가슴 응어리 터져
의식을 잃기 전에

내 방황의 날개를
이제 접으려 합니다.

이별선언 뒤

겉으론 애써 담담한 척
태연한 척
돌아서는 내 마음은
울먹임과 가슴 저림으로
모세혈관 말초신경을 다 막아
온몸이 굳어
마비되어 버렸네.

보여드리겠어요

다시 당신께
보여드리겠어요
내 안에
당신 되고
당신 안에
내가 되는
그런 사랑을.

두려움

부쩍 내일이 두려워진다
그냥 오늘이면 만족할 텐데
시간이 지날수록
무거워지는 마음
기다림은 그리움으로
그리움은 두려움으로 변하여
내일이라는 두려움 때문에
그냥 오늘만이면 좋으련만.

지우개

당신을 지워 봅니다
지우고 또 지워 봅니다

온몸 구석구석 새겨져 있는
당신을 지워 봅니다

아무리 지워도
지워지지 않는 당신은

내 마음에 너무 깊은 글씨를
새겨 놓았나 봅니다.

그대 속에

적막하고 기나긴
혼자만의 겨울 밤

허전함을 떨치려
그대 속에 나를 묻네

반짝였던 당신 눈은
밤하늘의 별과 같고

환한 미소 당신 마음
까만 밤의 밝은 달과 같네.

그녀와 난

그녀는 예쁘고, 자상하며
신비롭고, 지적이며
겸손하고, 이해심 많고
아름답고, 정 많으며
교만치 않아 사랑스럽다

난 그녀를 무척이나 좋아하고
필요로 하며, 갖고 싶고, 원하며
아껴주고, 지켜주며, 보호해 주면서
이 세상 다하는 그 날까지
사랑하며 또 사랑하며
영원히 함께 하길
바라며 기도하네.

보고파지면

당신은 외로운 고통 속에
날 내버려 두십니다
당신이 사랑한다 말하면
난 눈물이 나요

당신은 같이 못함을 알면서도
기다림에 눈물 젖게 하십니다
당신이 보고파지면
난 눈물이 나요

그런 날 보고
당신은 사랑한다 말하십니다
그러면 난 행복에 겨워
다시 눈물이 나고 맙니다.

세상을 향하여

세상 모든 것을 사랑할 수 있는
마음이 있어 행복합니다
그러나 단 하나
마음대로 사랑할 수 없는 난
불행합니다
당신을 사랑하는 것이
죄가 되기에
세상이 만들어 놓은 틀안에
가두어진 슬픈 사랑이기에
그저 작은 바람은
세상 모든 것을 사랑할 수 없어
불행해진다 하여도
나의 행복은
당신만을 사랑할 수 있으면 합니다
세상을 향하여 아무런 거침없이
거리낌없이
"당신을 사랑한다"
소리칩니다.

난 알고 있어요

당신 사랑한다 하지 않아도
난 알고 있어요

당신이 아프다 하지 않아도
얼마나 아픈 줄
알고 있어요

내 당신을
사랑하지 않는다 해도
사랑하기 때문에
내 가슴은 메어질 듯
베어내는 듯 아프니까요

그래 당신 사랑
난 알고 있어요.

허기진 가슴

하루만 못봐도
보고픈 마음 간절한 것은
사랑한다 말하면
가슴이 더욱 쓰라린 것은
당신 곁에 머물 수 없다는 현실을
알고 있기 때문이죠

사랑한다 불러봐도
잊지 못해 소리쳐도
허기진 가슴은
무엇으로도 채울 길 없어
애써 잊으려 하면
외로움은 더욱
그리움은 더더욱
내 가슴을 파고듭니다.

부탁드립니다

그대와 함께 하는 시침은
왜 빨리 돌아 달아나는지
혹시 정지된 시간 속의
세상이 없나 찾아봅니다
벌써 헤어져야 하는 건가요
그대 멀어지는 모습에
난 모진 외로움을 눈물로 손짓합니다

다시 만날 약속은 하였지만
긴 겨울 밤 그대 그리워
잠 못 이루는 난
그리움의 고통 속에
한 마디 부탁드립니다
혹여 잠들어 꿈 속에라도 만나면 언제라도
가시지 않고 저와 영원히 함께 하시자고.

사랑의 시작은

아무도 밟지 않은
새하얀 눈밭을
뽀드득 소리내며
한 발 두 걸음
정겨운 어깨동무.

*23#

그리곤 전화를⋯⋯.

이성태 제2시집

마흔 일곱의 콘서트

●

지은이/이성태
펴낸이/김재엽
펴낸곳/한누리미디어

●

100-192, 서울시 중구 을지로 2가 148-73
신화빌딩 401호
전화/(02) 2278-4513, 2268-4514
팩스/(02) 2268-4524

●

등록/제16-467호(1993. 11. 4)

●

초판발행일/2002년 5월 25일

●

ⓒ 2002 이성태 Printed in KOREA

●

값 6,000원

●

E-mail/hannury2001@yahoo.co.kr

●

※잘못 된 책은 바꿔 드립니다.
※저자와의 협약으로 인지는 생략합니다.

●

ISBN 89-7969-209-9   03810